AF325094

Imprimerie Frazier-Soye
153-157, rue Montmartre
Paris
imp. Edw Ancourt Paris

(N° 194)
COLLECTION DE M. GEORGE VIAU
Vente des
Lundi 6 et Mardi 7
Décembre 1909
HOTEL DROUOT
SALLE N° 8
ESTAMPES
MODERNES
M° Henri BAUDOIN
M. LOYS DELTEIL

CATALOGUE

DES

ESTAMPES

MODERNES

ŒUVRES

DE

A. BESNARD, EUG. CARRIÈRE, MARY CASSATT, M⁰⁰ DENIS,
FANTIN-LATOUR, HELLEU, LAUTREC, L. LEGRAND,
A. LUNOIS, MANET, J.-F. MILLET, ALF. MULLER,
PISSARRO, PUVIS DE CHAVANNES,
F. ROPS, STEINLEN, WILLETTE,
ETC.

Composant la Collection de M. George VIAU

Dont la vente aura lieu

à Paris, HOTEL DROUOT, Salle N° 8

Les Lundi 6 et Mardi 7 Décembre 1909

à 2 heures précises

Par le Ministère de Mᵉ HENRI BAUDOIN

COMMISSAIRE-PRISEUR

10, Rue de la Grange-Batelière

Assisté de M. LOYS DELTEIL, Artiste-Graveur, Expert

2, Rue des Beaux-Arts

CONDITIONS DE LA VENTE

Elle sera faite au comptant.

Les adjudicataires paieront *dix pour cent* en sus des enchères.

M. Loys Delteil remplira les commissions que voudront bien lui confier les amateurs ne pouvant y assister.

MM. les amateurs pourront visiter la collection, 2, *rue des Beaux-Arts*, du Mercredi 1ᵉ au Samedi 4 Décembre 1909, de 2 heures à 5 heures.

Le Peintre-Graveur Illustré

(XIXe & XXe SIÈCLES)

par LOYS DELTEIL

OUVRAGE HONORÉ D'UNE SOUSCRIPTION DU MINISTÈRE DE L'INSTRUCTION PUBLIQUE

ET DES BEAUX-ARTS

TOME Ier — MILLET, ROUSSEAU, etc. . . . . . **Épuisé.**

TOME II — CH. MERYON . . . . . . **25** fr. et **20** fr.

TOME III — INGRES — EUG. DELACROIX

45 Exemplaires de luxe (*presque épuisés*). . . . . **50** francs
300   —   . . . . **25** —
100   —   (sans l'eau-forte de Delacroix). . . . . . **20** —

TOME IV — ANDERS ZORN

350 Exemplaires avec l'eau-forte originale. . . . . **40** francs
150   —   (sans l'eau-forte). . . . . **30** —

EN SOUSCRIPTION :   **POUR PARAITRE EN FÉVRIER 1910**

TOME V consacré à COROT

50 Exemplaires de luxe, avec une eau-forte originale de
  COROT, le *Dôme florentin, avant la lettre*, sur japon. . **50** francs
350 Exemplaires ordinaires, avec l'eau-forte avec la lettre . . **20** —
100   —   —   sans l'eau-forte . . . . **15** —
A l'apparition de l'ouvrage, le prix en sera porté, pour les exemplaires
de luxe à **70** fr., et les exemplaires ordinaires à **25** fr. et à **20** fr.

EN PRÉPARATION :   **POUR PARAITRE EN AVRIL 1910**

TOME VI consacré à
RUDE, BARYE, CARPEAUX, RODIN

LE PRIX DE SOUSCRIPTION AU TOME VI SERA PROCHAINEMENT FIXÉ

BULLETIN DE SOUSCRIPTION

(A renvoyer à M. LOYS DELTEIL, 2, rue des Beaux-Arts)

Je, soussigné, déclare souscrire à ____________ *exemplaire*

du Tome Ve du PEINTRE-GRAVEUR ILLUSTRÉ, au prix

____________ *francs l'exemplaire.*

Signature et Adresse :

N° 222 du Catalogue.

DÉSIGNATION

ADRESSES et CARTES D'INVITATION

1. Adresse d'Edm. Sagot, par A. Lunois — Exposition Alf. Muller, galerie Vollard — Exposition d'œuvres originales, chez Pellet — Estampes modernes, par Leheutre — Menu, par Ed. Chahine, etc. Six pièces. Très belles épreuves.

AMAN-JEAN

2. Portrait de Mlle M^*** — Tête de Femme (en largeur). Deux pièces. Très belles épreuves, *imp. en couleurs*, la 1re *signée* (n° 1).

BELTRAND (J.) COLIN (P.) GOTTLOB (F.)

3. La Place St Michel — Marché normand — Le Marché. Trois pièces. Très belles épreuves, *signées* et *numérotées*.

BESNARD (P. A.)

4. Le Fauteuil de Mapple. Très belle épreuve tirée en bistre, *numérotée* (n° 1).

5. Les Baigneurs. Très belle épreuve, *signée et numérotée*.

6. La Mort au Festin — Etude pour l'Ile heureuse. Deux pièces. Très belles épreuve, la 1ʳ *signée*.

7. Les Baigneuses, 1894 (L'Estampe murale). Très belle épreuve.

BLANCHE (Jacques-Edouard)

8. Le Thé — Les deux Fillettes sur un banc de jardin. Deux pièces. Très belles epreuves *signées*, la 2ᵉ *imp. en couleurs*.

BONNARD (Pierre)

9. Le Canotage — L'enfant au jouet — La petite blanchisseuse — Le Verger — Le Couple et l'Enfant — Couverture. Six pièces. Très belles épreuves, *imp. en couleurs, signées*.

BOTTINI (George)

10. Femme à la rose. Très belle épreuve tirée en deux tons, *signée*.

BOUTET (H) — GUÉRARD (H), etc.

11. Sujets divers. Six pièces par Boutet, Guérard, Dillon, Somm et Gœneutte. Très belles épreuves, *signées*.

BRACQUEMOND (Félix)

12. Vive le Tsar! ou le Coq de France. Très belle épreuve, *signée*.

BRANGWYN (Franck)

13. La Joueuse de flûte. Très belle épreuve, *imp. en couleurs, signée et numérotée*.

N° 10 du Catalogue.

BURGER (Fritz) — PIET (Fernand)

14. Femme au fauteuil — Au Théâtre — A la Brasserie
— Bonne et Soldat. Huit pièces. Belles épreuves,
signées.

CANALS (R.)

15. Les Castagnettes — Bal populaire, Espagne. Deux
pièces. Très belles épreuves, la 1ʳᵉ *imp. en couleurs, signée*.

CARRIÈRE (Eugène)

16. Goncourt (Edm. de). Très belle épreuve sur chine,
signée et *numérotée*.

17. Daudet (Alph.). Très belle épreuve sur chine,
signée.

18. Puvis de Chavannes. Très belle épreuve sur chine,
signée et *numérotée*.

19. Rodin (Aug.) Très belle épreuve sur chine, *signée*
et *numérotée*.

20. Rochefort (Henri). Très belle épreuve sur chine,
signée et *numérotée*.

21. Profil de jeune Fille. Très belle épreuve sur chine,
signée et *numérotée*.

22. Modèle Vénitien. Très belle épreuve, *signée* et *numérotée*.

23. Jeune Fille, de face. Très belle épreuve sur chine
et japon, *signée* et *numérotée*.

24. Le Baiser maternel. Très belle épreuve sur chine
et japon, *signée* et *numérotée*.

25. Femme, le menton dans la main droite. Très belle
épreuve sur chine.

26. Lecture. Belle épreuve sur chine, *signée* et *numérotée*.

27. Le Sommeil. Très belle épreuve sur chine.

CASSATT (Mary)

28. La Toilette. Très belle épreuve *imp. en couleurs*, avec l'annotation manuscrite : *Imprimé par l'artiste et M. Leroy Mary Cassatt 25 épreuves.*

29. La Couturière. Très belle épreuve *imp. en couleurs*, avec même annotation que ci-dessus.

30. Mère et Enfant dans l'herbe. Très belle épreuve *imp. en couleurs, signée* (n° 12).

31. Tricoteuse à l'enfant. Très belle épreuve, *signée* (n° 8).

32. Femme et Enfant. Très belle épreuve, *signée*.

CÉZANNE (Paul)

33. Le Bain. Très belle épreuve *imp. en couleurs signée*. On y à joint la carte illustrée à l'Exposition Cézanne, 1898. Deux pièces.

CHAHINE (Edgar)

34. Attendant la soupe. Très belle épreuve *signée* (n° 10).

CHARPENTIER, AURIOL, SIMON, etc.

35. Sujets divers. Treize pièces par Auriol, Simon, Shannon, Guiguet, etc. la plupart *imp. en couleurs*.

CHÉRET (Jules)

36. Farandole (l'Estampe originale) — Travesti. Deux pièces. Très belles épreuves tirées en sanguine sur teinte, *numérotées* et *signées*.

DE FEURE (G.)

37. Dans le Rêve — Femme à l'oiseau — Allégories et scène de mœurs. Sept pièces. Belles épreuves, la plupart *imp. en couleurs, signées,*

DEGAS (Edgar)

38. Programme de la Soirée Artistique des anciens Elèves du Lycée de Nantes, 1884. Belle épreuve.

DELACROIX (Eugène)

39. Hamlet (Loys Delteil 103-115). Suite complète des treize planches formant la première édition. Très belles épreuves sur chine, à toutes marges.

DELATRE (Eugène)

40. Huysmans — La Nuit. Deux pièces. Très belles épreuves, *imp. en couleurs. Signées* et *numérotées.*

DELCOURT (Maurice)

41. La Place Saint-Georges — Modiste. Deux pièces. Très belles épreuves, *imp. en couleurs, numérotées.*

DENIS (Maurice)

42. *Amour, douze lithographies en couleurs,* Paris, Vollard. Suite complète. Très belles épreuves.

43. Le Benedicite — Le Reflet dans la Fontaine — Sujets divers. Quatre pièces. Très belles épreuves *imp. en couleurs, signées* et *numérotées.*

DESBOUTIN (M.)

44. La Fille de Desboutin (H. B. 10) — Cte Lepic (20), avant la planche coupée, signée du Cte Lepic — Bruant (A.). Trois pièces. Belles épreuves.

DUEZ (E.) — NICHOLSON (W.)

45. Pavots — L'Arche de Pont. Deux pièces. Très belles épreuves, *signées.*

DULAC (Charles)

46. Le Cantique des Créatures. Suite complète de 8 planches tirées en tons différents. On y a joint une contre-épreuve, soit neuf pièces, *signées* et *numérotées*.

47. Paysages (l'Estampe originale). Deux pièces. Très belles épreuves, une tirée en trois tons, *signées*.

48. Paysages (nᵒˢ 4 et 8). Deux pièces. Très belles épreuves, *signées*.

ESPAGNAT (Georges d')

49. *Cahier de gravures sur bois, 6 planches et 2 vignettes* — Paris. L'Imagier, 1895 — Le Cavalier, lith⁵ — Les Brigands, lith⁵. Très belles épreuves.

FANTIN-LATOUR (H.)

50. Rinaldo, 2ᵉ planche (G. H. 19). Belle épreuve sur chine, *signée*.

51. Évocation d'Erda, 1ʳᵉ pl. (20). Très belle épreuve *avec dédicace : Souvenir de Bayreuth, Août 1876.*

52. Tentation de Sᵗ Antoine (110). Très belle épreuve, *signée* et *numérotée*.

53. Vision (122). Très belle et très rare épreuve du 2ᵉ état, *avec* l'inscription en marge.

54. Vénus et l'Amour, grande pl. (131). Très belle épreuve sur chine, *signée* et *numérotée* (nᵒ 1).

55. A Berlioz, grande pl. (132). Très belle épreuve sur chine.

56. Baigneuses, 4ᵉ grande pl. (138). Très belle épreuve sur chine.

57. La Source dans les Bois (139). Très belle épreuve du 2ᵉ état, *avant les mots :* Nov. 97 Fantin.

58. Danses (140). Très belle épreuve sur chine.

59. Évocation de Kundry, 4ᵉ pl. (142). Très belle épreuve sur chine.

60. Prélude de Lohengrin (2ᵉ pl.) (146). Très belle épreuve sur chine.

61. Etude pour Eve (147). Très belle épreuve sur chine. On y a joint 2 pl. pour le *Berlioz*, de Jullien, et *Vérité*, ép. avec l. l., soit quatre pièces.

FORAIN (J. L.)

62. Pleureuse. Très belle épreuve tirée en 2 tons, *numérotée*.

GAUGAIN (Paul)

63. *Manao tupapau* — Marchande de Figues. Deux pièces. Très belles épreuves, *numérotées*, la 1ʳᵉ *signée*.

GRASSET (Eugène)

64. Morphinomane — Vitrioleuse. Deux pièces. Très belles épreuves, *imp. en couleurs, signées*.

65. Figures décoratives. Six grandes pièces tirées en couleurs.

GROUX (Henri de)

66. Wagner (Richard), (P. Ferniot 65). Très belle épreuve sur japon, *signée*.

67. Mort de Siegfried (40) — Les Vendanges : la Lisière de bois (34) — L'Enthousiasme du Carnage — Le Fantôme (25) — Oiseaux de proie (44) — Le Porte-Drapeau — Pourquoi ne brises-tu ? Sept pièces. Très belles épreuves, *signées*.

GUILLAUMIN (Armand)

68. Tête d'Enfant — Les Meules — Les Roches rouges. Trois pièces. Très belles épreuves *imp. en couleurs*, deux *signées*.

HELLEU (Paul)

69. Mme la D^{sse} de Marlborough endormie. Très belle épreuve, *signée*.

70. Le Buste de Marie-Antoinette. Très belle épreuve.

71. Le Graphic. Très belle épreuve.

72. A quatre Mains. Très belle épreuve, *signée*.

73. Trois études d'Ellen à 5 ans 1/2. Très belle épreuve sur papier ancien, *signée*.

74. Mme ..... Très belle épreuve tirée en 2 tons, *signée*.

75. Femme accoudée. Très belle épreuve, *signée* et *numérotée*.

76. Somnolence. Très belle épreuve *imp. en bistre*, *signée* avec la mention : *tirée à 6*.

77. La Femme au manteau Watteau regardant l'Embarquement pour Cythère. Très belle épreuve *tirée en 2 tons, signée*.

78. Deux Têtes d'Enfant, avec croquis. Très belle épreuve, *signée*.

79. Jeune Fille, la main gauche à la bouche. Très belle épreuve.

80. Jeune Fille, la main droite sur la poitrine, et étude de tête et de main. Très belle épreuve.

81. Etudes d'Enfants. Deux petites pièces très rares. Très belles épreuves, une *signée*.

82. Liseuse, devant le portrait de Mme de Vermanthon. Très belle épreuve, *signée*.

83. La Jeune Mère. Très belle épreuve, *signée*.

84. Jeune Fille allemande. Très belle épreuve.

85. Femme et Enfant près d'une table où se voit un couvert. Très belle épreuve.

86. Le Roman. Lithographie. Très belle épreuve tirée en 3 tons, *signée*.

87. Etude de Femme en chemise — Femme de face, la tête dans ses mains, et étude de main — Femme assise, le menton dans sa main droite. Trois pièces très rares. Très belles épreuves, *signées*.

88. Portail de l'Eglise St Jacques, de Dieppe. Très belle épreuve, *signée*.

HERMANN-PAUL

89. Les Grands Spectacles de la Nature : la Vie de Madame Quelconque. Suite complète de 10 pl. dans la couv. de publ.

90. Dactylographes — A l'Hôpital — Les Dernières cartouches — L'Enfant malade, etc. Neuf pièces. Très belles épreuves, *signées*. — Guignols, album.

IBELS (H. G.)

91. Titres de romances, programmes, affiches, sujets divers. Quarante pièces. Très belles épreuves, la plupart *signées*.

LA GANDARA — BERTON (Arm.)

92. Profil de Femme — Femme au boa — Femme à sa toilette. Trois pièces. Très belles épreuves, *signées*, la 3e tirée en 2 tons.

LAUTREC (Henri de Toulouse)

93. Son Portrait, par Ch. Maurin. Très belle épreuve, *signée* (n° 39).

94. Couverture de l'Estampe originale, 1893. Très belle épreuve, *imp. en couleurs, signée* et *numérotée*.

95. Couverture de l'Estampe originale, album de clôture, mars 1895. Très belle épreuve, *signée*.

96. La Glace à main. Très belle épreuve, *imp. en couleurs, timbrée*.

97. Lassitude. Très belle épreuve, tirée en sanguine sur teinte, *timbrée*.

98. Le Tub. Très belle épreuve, *imp. en couleurs, timbrée.*

99. Le Repos. Très belle épreuve tirée en brun, *timbrée.*

100. Titre de : *Elles*. Très belle épreuve.

101. La Toilette. Très belle épreuve, *tirée en 2 tons, timbrée.*

102. Femme se peignant. Très belle épreuve, *tirée en brun, sur teinte, timbrée.*

103. Le Petit Déjeuner. Très belle épreuve, *tirée en sanguine, timbrée.*

104. Conversation. Très belle épreuve, *imp. en couleurs, timbrée.*

105. Conquête de passage. Très belle épreuve, *imp. en couleurs, timbrée.*

106. Elles — Couverture. Très belle épreuve, *timbrée, imp. en couleurs.*

107. L'Anglais au Moulin Rouge. Très belle épreuve, *imp. en couleurs, signée* (n° 96).

108. La même pièce, *signée* (épr. de passe).

109. L'Apostrophe. Très belle épreuve, tirée en 3 tons.

110. Anna Held. Belle épreuve, *signée* et *numérotée.*

111. Anna Held et Baldy. Très belle épreuve, *timbrée* (n° 4).

112. Au Restaurant — Chez le Tailleur. Deux pièces très rares, *numérotées.*

113. Au Restaurant, très rare — Emilienne d'Alençon en répétition aux Folies-Bergère. Deux pièces. Belles épreuves.

114. Brandès dans sa loge. Très belle épreuve (n° 3).

115. Leloir et Brandès. Très belle épreuve, *timbrée* (n° 4).

Nº 129 du Catalogue.

116. Brandès et Le Bargy. Très belle épreuve, *timbrée*
(n° 4).

117. Chanteuse de Café-Concert. Très belle épreuve,
imp. en couleurs, signée.

118. Etudes de Femmes : Le Lever — Le Coucher. Deux
pièces. Très belles épreuves, *signées* et *numérotées.*

119. La Goulue et sa sœur. Belle épreuve, imp. en couleurs, *signée* et *numérotée.*

120. Lavallière et Lender, dans une Revue aux Variétés.
Très belle épreuve, *timbrée* (n° 8).

121. Le Bargy et Bartet. Très belle épreuve, *timbrée*
(n° 5).

122. Une Faillitte — La Tribu d'Isidore. Deux pièces.
Belles épreuves, une *signée.*

123. Lender dansant le boléro. Très belle épreuve, *timbrée* (n° 4).

124. Lender saluant dans Chilpéric. Très belle épreuve,
timbrée (n° 5).

125. Lender, de dos. Très belle épreuve, *timbrée* (n° 4).

126. Lender, de face. Très belle épreuve, *timbrée* (n° 4).

127. Lender, debout. Très belle épreuve, *timbrée* (n° 3).

128. Lender, assise. Très belle épreuve, *timbrée* (n° 3).

129. Lender, en buste. Très belle épreuve, *imp. en
couleurs, timbrée* (n° 11).

130. Lender et Lavallière. Belle épreuve, *timbrée*
(n° 3).

131. Lender et Brasseur — Yvette Guilbert. Deux
pièces. Très belles épreuves, *timbrées* et *numérotées.*

132. Brasseur, dans Chilpéric. Très belle épreuve,
timbrée (n° 5).

133. Yahne, dans sa loge. Très belle épreuve, *timbrée* (n° 6).

134. Yahne et Antoine. Très belle épreuve, *timbrée* (n° 6).

135. Yahne et Meyer, dans l'*Age difficile*. Très belle épreuve, *timbrée* (n° 3).

136. Miss May Belford. Très belle épreuve d'état, *timbrée* et *numérotée*.

137. Miss May Belford saluant. Belle épreuve, *timbrée* (n° 3).

138. Miss May Belford au Irish American Bar. Très belle épreuve, *timbrée* et *numérotée*.

139. Lucy Myrès, de profil. Très belle épreuve, *timbrée* (n° 5).

140. Lucy Myrès, de face. Très belle épreuve, *timbrée* (n° 4).

141. Napoléon Ier. Très belle épreuve, *imp. en couleurs, signée* (n° 18).

142. La même pièce, en même condition (n° 65).

143. Sur le pont. Très belle épreuve, *imp. en couleurs, signée* (n° 16).

144. Pois vert. Très belle épreuve, *timbrée* et *numérotée*.

145. Coquelin — Polin. Deux pièces. Très belles épreuves.

146. Loïe Fuller — Polaire. Deux pièces. Très belles épreuves.

147. Lender en voiture — Cléo de Merode. Deux pièces.

148. Sarah Bernhardt dans Cléopatre — Granier. Deux pièces.

149. Cassive — Lender — Subra. Trois pièces.

150. Guitry — Lavallière, en voiture. Deux pièces.

151. Procès Arton. Trois pièces. Belles épreuves.

152. Souper à Londres. Très belle épreuve, *signée* (n° 43).

153. La Terreur de Grenelle — Pauvre pierreuse — Le Bassoniste (P¹ de M. Diau). Trois pièces. Très belles épreuves, *numérotées*, deux *signées*.

154. Carnot malade — Ultime ballade — Sagesse — Blanche. Quatre pièces. Très belles épreuves, *signées* et *numérotées*.

155. Antoine et Gémier, dans une *Faillite* — La Goulue et Valentin le Désossé — Débauche. Trois pièces. Belles épreuves, deux *timbrées* et *numérotées*.

156. La Modiste, 2 épreuves — Programme de l'Œuvre, pour Raphaël et Salomé — Chap Book. Quatre pièces. Belles épreuves.

157. Sujets divers. Neuf pièces. Tirages à part du *Gil Blas*, etc., épreuves *numérotées* — Affiche du Divan Japonais. Ensemble dix pièces.

158. *Yvette Guilbert, texte de Gustave Geffroy orné par H. de Toulouse Lautrec.* Exemplaire n° 13, signé par Yvette Guilbert.

159. *Le Café-Concert, lithographies de H. G. Ibels et de H. de Toulouse Lautrec, texte de Georges Montorgueil* — Paris, s. d. Bel exemplaire (cassure à une pl.).

160. *Au Cirque, vingt-deux dessins aux crayons de couleur*, Paris, Manzi, 1905. Exemplaire n° 52, dans le cart. de publ.

LEGRAND (Louis)

161. Frio (20). Très belle épreuve sur japon, avec croquis *tiré en sanguine*.

162. Bertrand dort. Très belle épreuve sur japon, *signée*.

163. Le Paing quotidien (24). Très belle épreuve, *avec remarque, signée.*

164. L'Ami des Danseuses (63). Belle épreuve, *avec remarque, signée.*

165. Le Fils du Charpentier (67), *épreuve au chiffon,* sur japon, *signée.*

166. Le Christ (69). Belle épreuve, *signée.*

167. Le Vaporisateur. Très belle épreuve, *imp. en couleurs, numérotée.*

168. La Joueuse de flûte — La Folie. Deux pièces. Très belles épreuves.

169. La Halte des bicyclistes. Très belle épreuve, *imp. en couleurs* (n° 12).

170. La Fille à sa tante — De la barre — Mouvement d'assouplissement — Deux petites danseuses assises — Invitation. Cinq pièces. Belles épreuves, deux *signées.*

LEHEUTRE (Gustave)

171. Les Musiciennes — Danseuse. Deux pièces. Très belles épreuves, *signées* et *numérotées, imp. en couleurs.*

LEPÈRE (Aug.)

172. *Jeunesse passe vite, vertu!* (L. B. 91). Très belle épreuve, *imp. en couleurs, signée.*

173. Le Bassin des Tuileries (255). Très belle épreuve, *imp. en couleurs, signée* (n° 12).

LEPIC (Vte)

174. Portrait, Paysages et Marines. Neuf pièces. Belles épreuves.

LIEBERMANN (Max)

175. Jeune Vachère (G. Schiefler 30). Très belle épreuve, *signée.*

176. Liseuse. Très belle épreuve, sur japon, *signée* (n° 49).

LUCE — LACOSTE — RYSSELBERGHE

177. Sujets divers et Paysages. Huit pièces. Belles épreuves, *signées* ou *numérotées*.

LUNOIS (Alex.)

178. La Corrida. Suite de huit lithographies grand infol., en double état, planche *imp. en couleurs* et pl. en *noir*. Il manque une pl. en couleurs : les Banderilles, soit quinze pièces. Très belles épreuves.

179. La Procession — La Romance. Deux pièces. Très belles épreuves, *imp. en couleurs, signées*.

180. L'Espagnole remettant sa chaussure — Départ pour la Chasse. Deux pièces. Très belles épreuves, *imp. en couleurs, signées*.

MANET (Edouard)

181. *Recueil de 24 planches sur japon Impérial format 1/2 Colombier* — s. d. (1890) — 23 eaux-fortes par Manet, et l'ex-libris de Manet, par Bracquemond. Très bel exemplaire dans son cart. d'édit. N. B. Ce tirage précède l'édition de L. Dumont.

182. Olympia (Moreau-Nélaton 17). Très belle épreuve.

183. Le Gamin (86). Très belle épreuve sur chine.

MATHEY (Paul)

184. Eugène Rodrigues (Ramiro) — Croquis intimes. Deux pièces. Très belles épreuves *numérotées*, la 2° *signée*.

MAURIN (Ch.)

185. *Nouvelle Education Sentimentale*. Suite complète de 12 pl. Très belles épreuves *tirées en 2 tons, timbrées*.

Nº 190 du Catalogue.

186. Le Lever. Très belle épreuve sur japon, *imp. en couleurs, signée* (n° 12).

187. Eve — La Harpe éolienne — La Toilette. Trois pièces. Très belles épreuves, *signées*, deux *imp. en couleurs*.

MEUNIER (Constantin) — MARTIN (Henri)

188. Borinage — Femme à la couronne d'épines — Don Quichotte — L'Enterrement — Anquetin, peintre — Etudes de femme nue — La Salutation angélique. Sept pièces par C. Meunier, H. Martin, Anquetin, Cottet, Suzanne Valadon et Carlos Schawbe. Très belles épreuves, *numérotées* ou *signées*.

MILLET (J. F.)

189. La Barateuse (Loys Delteil 10). Superbe épreuve du 2° état, *avant* l'adresse de Delâtre, sur chine.

190. Les Bêcheurs (13). Superbe et rarissime épreuve du 2° état, le ciel effacé. Seul exemplaire connu.

191. La Cardeuse (15). Superbe épreuve sur papier ancien, de la collection du Cⁱ Doria.

MONET (d'après Claude)

192. *20 Lithographies d'après Claude Monet par G. W. Thornley. Tirage à 25 exemplaires —* Paris, J. Mancini, s. d. Suite complète dans le cart. de publ. Epreuves *signées* du peintre et du lithographe.

MULLER (Alfred)

193. La Ronde. Très belle épreuve, *imprimée en couleurs, signée*.

194. Les Lampions. Très belle épreuve, *imp. en couleurs, signée*.

195. La Toilette — Liseuse à la lampe — Baigneuses.
Trois pièces. Très belles épreuves, *imp. en couleurs, signées.*

196. Femmes ou Fillettes au piano. Quatre pièces. Très
belles épreuves, *signées.*

197. Liseuses. Quatre pièces. Belles épreuves (deux
signées.)

198. La Femme et les 2 Fillettes dans un parc — Barques
de pêche — Portrait. Trois pièces. Belles épreuves,
2 imp. en couleurs, signées.

199. Jeune Femme assise. Monotype rehaussé de pastel.

NICHOLSON (William)

200. *Douze Portraits*, Paris, H. Floury, s. d. Très bel
exemplaire.

PISSARRO (Camille)

201. Baigneuses (le jour). Très belle épreuve sur chine,
signée (n° 6).

202. Baigneuses (le soir). Très belle épreuve sur chine,
signée (n° 2).

203. Baigneuses à l'ombre des berges boisées. Deux
très belles épreuves sur chine, *signées.*

204. Théorie de Baigneuses. Très belle épreuve sur
chine, *signée.*

205. Gardeuse d'oies. Très belle épreuve, *signée* (n° 2).

206. Gardeuse d'oies nue. Très belle épreuve, *signée*
(n° 1).

207. Paysannes — Marché de Pontoise. Deux pièces.
Très belles épreuves *signées* et *numérotées.*

208. Place du Havre — Rue St Lazare. Deux pièces.
Très belles épreuves, *signées* et *numérotées.*

PISSARRO (C., L. et G.)

209. Paysage — Le Semeur — La Ronde — Le Dindon de la farce — Laveuses. Cinq pièces. Très belles épreuves, *signées*.

PROUVÉ (V.) — ROCHE (P.) — JOSSOT, etc.

210. Sujets divers (L'Estampe originale). Dix pièces *signées* et *numérotées*. Très belles épreuves.

PUVIS DE CHAVANNES (P.)

211. Le pauvre Pêcheur. Très belle épreuve, *numérotée*.

212. Normandie. Très belle épreuve sur chine, *signée* et *numérotée*.

213. Tête de jeune Fille — L'Abondance ? Deux pièces. Très belles épreuves, *signées* et *numérotées*.

PUVIS DE CHAVANNES (d'après)

214. Vie de Sᵗᵉ Geneviève, en 4 grandes planches imprimées pour l'*Union pour l'Action morale*.

RANFT (R.)

215. L'Écuyère. Très belle épreuve *imp. en couleurs*, *signée* (nᵒ 10).

216. Bal costumé — Modiste et Couturière. Deux pièces. Très belles épreuves, *signées*, la 1ʳᵉ *imp. en couleurs*.

RASSENFOSSE (Armand)

217. En Visite. Très belle épreuve, *numérotée*.

RECUEILS

218. L'Œuvre de J. M. N. Whistler, 1905, 1ʳᵉ livraison, 20 pl. — Nos Actrices, par L. Cappiello. — Vingt eaux-fortes pour Ragionamenti, ép. sur japon. Trois recueils.

REDON (Odilon)

219. Beatrice — Le Buddha — Allégories. Quatre pièces. Très belles épreuves sur chine, une *imp. en couleurs* (3 signées).

RENOIR (Auguste)

220. Les Baigneuses. Très belle épreuve, *signée* et *numérotée*.

221. Mère et Enfant. Très belle épreuve *tirée en 3 tons*, *numérotée*.

222. Tête d'Enfant. Très belle épreuve *signée* et *numérotée*.

RENOUARD (Paul)

223. *La Danse, vingt dessins transposés en harmonies de couleurs*, Paris, Gillot, 1892. Bel exempl.

224. Maître Labori, pl. 1, 2, 4, 6 à 9 — La Mère de la Danseuse, lith" — Carte — Portrait de femme, bois par Gentil. Dix pièces. Belles épreuves, une *signée*.

RIVIERE (Henri)

225. La Vague — Bateaux de pêche — Village. Trois pièces. Très belles épreuves, *imp. en couleurs*, *signées* et *numérotées*.

226. Les Aspects de la Nature, 7 pl. (sur 12) — L'Hiver. Ensemble 8 pièces grand in-fol.

ROBBE (Manuel)

227. L'Enterrement. Très belle épreuve *imp. en couleurs, signée*.

228. Le Tub — Le Modèle regardant des estampes — Femme nue se chauffant — Les Avoines. Quatre pièces. Belles épreuves, *imp. en couleurs, signées*.

RODIN (Aug.)

220. Becque (H.) (R. M 8). Belle épreuve, *numérotée*.

230. Etudes de Femmes. Trois pièces, fac-similé Clot. Très belles épreuves tirées en 2 tons (deux signées).

ROPS (Félicien)

231. Tête de Vieille. CROQUIS au crayon noir. Signé des initiales.

232. Vieille au Bonnet blanc. Aqua-tinte. Très belle épreuve.

233. La petite Femme à la fourrure, assise (45). Très belle épreuve sur japon, *signée*.

234. Paysage brabançon (48) — L'Oracle du Hameau (95). Deux pièces tirées sur la même feuille. Belles épreuves, *signées*.

235. L'Experte en Dentelles (58). Superbe épreuve, *signée*.

236. Pallas (62). Très belle épreuve.

237. La Bucheronne (67). Très belle épreuve, *signée*.

238. Petite Sorcière (79). 2 états — L'Art moderne (413), 3e état. Trois pièces sur japon, une épidermée.

239. La Femme à la Tête de mort (81) — La petite Liseuse (157). Deux pièces. Très belles épreuves, *signées*.

240. La Dame au Carcel (85). Superbe épreuve, *signée*.

241. Question d'Orient (92). Très belle épreuve.

242. Le Doigt dans l'œil (99). Très belle épreuve, sur japon, rehaussée et signée.

243. La Vieille à l'aiguille (100). Très belle épreuve, sur japon.

Nᵒ 235 de Catalogue.

244. La vieille Masken, servante anversoise (112) —
Folie-Bergère (414). Deux pièces. Très belles
épreuves, *signées*.

245. Jan Vandryrendonck (113). Superbe épreuve, sur
japon, *signée*.

246. La Grève, petite planche (121). Très belle épreuve,
sur japon, *signée*.

247. La planche du Tsigane (125). Très belle épreuve,
signée.

248. Le Semeur de Paraboles (130). Superbe épreuve,
sur japon, *signée*.

249. La Sieste, grande planche (131). Très belle épreuve,
signée.

250. Frontispice des œuvres inutiles et nuisibles (145).
Très belle épreuve, sur japon, *signée*.

251. Le Train des Maris (146). Très belle épreuve, sur
japon, *signée*.

252. Le Sphinx, grande planche (149). Très belle
épreuve du 1ᵉʳ état, sur japon.

253. La même estampe. Très belle épreuve du 2ᵉ état,
avec les retouches, *signée*.

254. La Poupée du satyre (150). Très belle épreuve,
signée.

255. Dans l'Atelier (151). Très belle épreuve, sur japon,
signée.

256. Juillet (153). Très belle épreuve du 1ᵉʳ état, sur
japon.

257. Vieille gouge (156). Très belle épreuve, *signée*.

258. Ma Grand'Tante (158). Très belle épreuve, sur
japon.

259. La Foire aux Amours, petite planche (164). Très
belle épreuve, sur japon, *signée*.

260. Les Champs (166). Très belle épreuve, sur japon, *signée*.

261. Modernité (171). Superbe épreuve d'un état non signalé, avec le mot *Académie*, tracé sur la banderole.

262. Paniconographie (218). Superbe épreuve, légèrement rehaussée.

263. Les Sataniques (**223-227**). Suite complète de cinq pièces. Très belles épreuves, sur japon.

264. Voyage au pays des vieux dieux (228). Superbe épreuve, sur japon.

265. Mam'zelle Gavroche (232). Superbe épreuve, sur japon.

266. A vous, Général! (238). Superbe épreuve.

267. En Visite (241). Très belle épreuve, sur japon.

268. Impudence (243). Très belle épreuve, sur japon, *rehaussée*.

269. Louis XIV (245). Très belle épreuve du 1" état.

270. La Sirène (250). Très belle épreuve, *signée*.

271. Sapho (251). Superbe épreuve sur japon, *signée*.

272. Volupté (254). Superbe épreuve, *signée*

273. L'Organiste du Diable (256). Superbe épreuve, *signée*.

274. La Plus belle fille du monde... (257). Très belle épreuve.

275. Le Pêcher mortel (266). Superbe épreuve retouchée par l'artiste.

276. Messalina (270) Superbe épreuve, *signée*.

277. Chansons badines de Collé, 3° état (354) — Les Cousines de la Colonelle (369) — Catéchisme des Gens mariés (401). Trois pièces sur japon.

178. La Fleur lascive orientale, petite et grande planches
(402-403). Deux pièces. Très belles épreuves sur
japon, *signées*.

279. Frontispice de *Rime de joie*, de Th. Hannon (402)
— Frontispice pour *Notes d'un vagabond* (634).
Deux pièces. Très belles épreuves *signées*, la se-
conde sur japon.

280. Les Exercices des dévotions de M. Roch, petite et
grande planches (448-449). Deux pièces. Très
belles épreuve *signées*, la seconde rehaussée.

281. Les Diaboliques : le Plus bel amour de Don Juan,
grande pl. (506). Très belle épreuve de la collection Gouzien.

282. Evocation ou Incantation (540). Très belle épreuve
sur japon.

283. Vieille histoire (544). Très belle épreuve du 1ᵉʳ état,
sur japon, *signée*.

284. Peuple (550). Superbe épreuve, *signée*.

285. Le Gaillard d'arrière (555). Très belle épreuve avec
rehauts, *signée*.

286. Hamadryade (556). Superbe épreuve sur japon,
signée.

287. Mater dolorosa (567). Très belle épreuve, *signée* et
numérotée.

288. Frontispice pour les *Masques Parisiens*, grande
planche (570). Superbe épreuve, *signée*.

289. Masques Parisiens, petite planche. Très belle
épreuve, *signée*.

290. Justicière ou Ecce Homo (574). Superbe épreuve
du 1ᵉʳ état, sur japon, *signée*.

291. La Pantoufle de Cendrillon et Repos (577). Très
belle épreuve, *signée*.

292. Le Cœur sur la main (621). Très belle épreuve sur
japon.

293. La Luxure ou le Pilori (624). Très belle épreuve.

294. Courtoisie exagérée (627). Superbe épreuve.

295. Frontispice pour la *Pudeur de Sodome*, de Guiches (638). Superbe épreuve *avec les croquis*, sur japon, *signée*.

296. La même estampe. Très belle épreuve *imp. en couleurs*, de l'état modifié. *Signée*.

297. Fleurons et Culs-de-lampe, pour *Morgat*, de R. Darzens (653-656). Suite de 4 pl. sur simili-japon — Frontispice pour la *Vie élégante*, par A. Prunaire — Titre du *Carnet mondain*, par A. Prunaire. Très belles épreuves, *tirées hors texte*.

298. *Eritis similis Deo...* Très belle épreuve, *rehaussée, signée*.

299. Le Médecin des fièvres. Superbe épreuve du 1ᵉʳ état, sur japon, *signée*.

300. Les Epaves, de Ch. Baudelaire (349) — Bas-fonds de la Société (423) — Médaille de Waterloo. Trois pièces.

301. Œuvres badines de l'abbé de Grécourt — Catéchisme des Gens mariés — La Sphère de la Lune. Trois pièces, deux sur japon, *signées*.

ROPS (d'apr. F.)

302. Le Scandale, par Bertrand. Superbe épreuve, *imp. en couleurs, avec la remarque, numérotée* (4).

303. Fac-similé de dessins de Rops. Dix planches, tirages à part sur japon.

304. La Bonne hollandaise, d'après une aquarelle de Rops, par Rassenfosse. Trois très belles épreuves tirées en tons différents.

305. La Dame au cochon, par Gaujean — Le Maillot —
Présentation. Trois pièces. Belles épreuves, *imp.
en couleurs*, deux d'état.

ROUART (Ernest)

306. Partie de campagne. Très belle épreuve, *signée* et
numérotée.

ROUSSEL — GUILLOUX — SEGUIN, etc.

307. Paysages et Sujets divers. Onze pièces, la plupart
imp. en couleurs, signées. Très belles épreuves.

SISLEY — SIGNAC — MAUFRA — VIGNON

308. Paysages. Cinq pièces. Très belles épreuves *signées, imp. en couleurs* (sauf une).

STEINLEN (Th. A.)

309. Le Retour du lavoir. Très belle épreuve, *imp. en
couleurs, numérotée*.

310. Trottin sous la pluie. Très belle épreuve, *imp. en
couleurs, signée* et *numérotée*.

311. La Sortie des trois Midinettes — Femme au paquet
de linge. Deux pièces. Très belles épreuves, la
2' *imp. en couleurs, signée*.

312. Misère. Très belle épreuve *signée* (n° 3).

313. Les Malheureux. Très belle épreuve, *signée* et
numérotée.

314. Intérieur d'Omnibus. Très belle épreuve sur chine,
signée et *numérotée*.

315. Les deux Blanchisseuses. Très belle épreuve sur
chine, *signée* et *numérotée*.

316. Les Moutons de Boisdeffre — Sauvagerie ou la Foule. Deux pièces. Très belles épreuves, *signées* et *numérotées*.

317. Le Pilori — Pilori des Masques — L'Enterrement. Trois pièces. Très belles épreuves, *signées* et *numérotées*.

318. La Grève — L'Expulsion — Magistrature et Armée. Trois pièces. Très belles épreuves, *signées* et *numérotées*.

319. Le Secret — A propos de Bottes — Saluons-les. Trois pièces. Très belles épreuves, *signées* et *numérotées*.

320. Enfants martyrs — Au Palais de Justice — Ouvrier. Trois pièces. Très belles épreuves, *signées* et *numérotées*.

321. Compositions politiques et sociales. Vingt-neuf pièces pour *Le Chambard*. Très belles épreuves tirées à part, *numérotées* et *timbrées*.

322. Filles — Conciliabule. Deux pièces. Très belles épreuves, *signées* et *numérotées*.

323. Crèche du XVI° arr¹ — En attendant — Aux vrais Pauvres, les mauvais Riches. Trois pièces. Très belles épreuves, *signées*.

324. La Libératrice. Grand in-fol., numéroté — Affiche pour son Exposition, *avant la lettre, signée*. Deux pièces.

325. Couverture des Soliloques du Pauvre — Tête de Femme — Bal public, etc. Neuf pièces. Belles épreuves (deux signées).

SUNYER — VILLON (J.)

326. La rue Lepic — La Cigarette. Deux pièces. Très belles épreuves, *imp. en couleurs, signées* et *numérotées*.

VALLOTTON (Félix)

327. La Manifestation — Le Bain — La Modiste — Le
1er Janvier — La Symphonie. Cinq pièces. Très
belles épreuves, *signées*.

VEBER (Jean)

328. Thaïs et Atanaël. Très belle épreuve, *imp. en couleurs et or, signée*.

VUILLARD (Edouard)

329. Jeux d'Enfants — Scène de plein air et Scènes d'intérieur. Six pièces. Très belles épreuves *signées*,
la plupart *imp. en couleurs*.

WAGNER (T. P.)

330. L'Homme des Foules — C'est ma pensée qui pleure
— La Loge des clowns — Vague lumineuse.
Quatre pièces. Très belles épreuves, *signées*, une
imp. en couleurs.

WHISTLER (J. M. N.)

331. La Conversation. Très belle épreuve sur japon,
numérotée.

WHISTLER (J. M. N.) — PENNELL (J.)

332. Battersea Bridge — Nocturne. Deux pièces, la seconde *signée*.

WILLETTE (Adolphe)

333. Pierrot et Pierrette ou le Baiser. Très belle épreuve
tirée en bistre, signée.

334. Pierrot pendu. Très belle épreuve sur japon, *signée*
(n° 40).

335. La Fortune et le Travailleur — Le Cuirassier Français et l'aigle Allemand. Deux pièces. Très belles
épreuves, *signées* et *numérotées*.

336. Le Cuirassier Français et l'Aigle Allemand —
Chansons — Adresse de Kleinmann — Willette,
par Roedel — Affiche de l'Exposition Charlet —
Adresses — La Vache enragée. Onze pièces.
Belles épreuves, *signées* ou *numérotées* (sauf
deux).

ZULOAGA (I.)

337. Manolas. Très belle épreuve sur japon, *signée*
(n° 49).

338. Sous ce n°, il sera vendu quarante pièces par
divers artistes.

N° 312 du Catalogue.

IMPRIMERIE

FRAZIER-SOYE

153-155-157, Rue Montmartre

PARIS

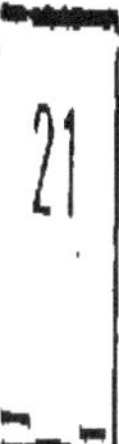

MIRE ISO N° 1
NF Z 43-007
AFNOR
Cedex 7 - 92080 PARIS-LA-DÉFENSE

graphicom

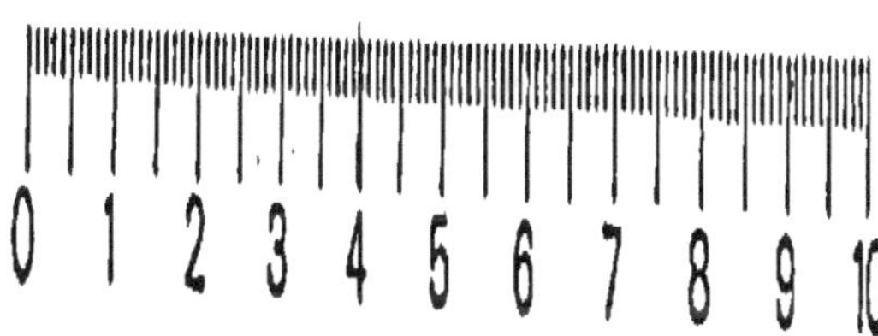

BIBLIOTHEQUE NATIONALE DE FRANCE

****

CHATEAU DE SABLE

1996